PREMIÈRE LETTRE

DE M. ★★★★

A M. LE VICOMTE

DE CHATEAUBRIANT.

IMPRIMERIE DE CHAIGNIEAU JEUNE.

PREMIÈRE LETTRE

DE M. ★★★★

A M. LE VICOMTE

DE CHATEAUBRIANT,

Ou il est démontré que la doctrine politique
de ce Pair de France tend à détruire les fondemens de la Charte.

PARIS,

Chez DELAUNAY, Libraire, Palais-Royal, galerie de bois ;
Et chez PÉLISSIER, Libraire au Palais-Royal.

1816.

PREMIÈRE LETTRE

DE M. ★★★★

A M. LE VICOMTE

DE CHATEAUBRIANT.

Monsieur le vicomte,

Lorsque j'appris que vous veniez de publier votre livre *De la Monarchie selon la Charte*, je voulus connaître ce nouvel écrit d'un académicien dont j'admire le talent, et dont j'étais loin de suspecter les intentions. Je me trouvais néanmoins dans une étrange perplexité : une ordonnance du Roi venait de vous frapper ; je respecte, j'adore tout ce qui émane du Roi. Il est clément, mais il est ferme ; il sait quand il le faut imposer silence à sa bonté pour ne faire éclater que sa justice ; ses yeux sont incessamment ouverts sur ses sujets ; on ne le trompe point, parce qu'il veut tout connaître par lui-même, et qu'il joint à un esprit très-élevé une étonnante sagacité. Son ordonnance était positive ; avant même de lire votre livre j'ai dû vous croire coupable. J'en ai gémi pour votre gloire.

Mais quelle pouvait être votre faute ? Vous étiez-vous laissé égarer par cette imagination vive et capricieuse qui vous subjugue et vous emporte trop souvent loin de la vérité ? Cela me paraissait probable. Aviez-vous, de dessein prémédité, composé un écrit dangereux qui tendrait à faire prévaloir des doctrines contraires aux principes de la monarchie et au bien de l'État ? Je ne pouvais l'imaginer. Je lus, ou plutôt je dévorai votre livre ; je le relus et je jetai quelques notes sur le papier ; je les rassemble dans cette lettre, et les soumets à votre jugement. (1) Si mes expressions vous semblent quelquefois trop dures, ne les attribuez qu'à mon zèle ardent pour la vérité. On rend mal sa pensée quand on est occupé sans cesse à réprimer les élans de son ame.

Votre préface est courte et claire. *Comme Ministre* vous vous croyez obligé de faire connaître au Roi et à la nation les dangers de la patrie : *Vous signalez l'écueil..... Vous tirez le canon de détresse..... Vous appelez tout le monde*

---

(1) Tous les passages extraits de l'ouvrage de M. de Chateaubriant sont imprimés en italique.

au secours..... Comme Ministre, monsieur, vous ne deviez confier vos alarmes qu'au Roi seul. Par quelle fatalité le vicomte de Chateaubriant prend-il pour modèle cet autre Ministre qui naguère divulguait impudemment ses Rapports confidentiels au Roi sur la situation de la France : *Rapports erronés dans les faits, vagues dans les vues, et qui n'étaient que l'expression du désespoir d'une cause perdue et d'une ambition trompée ?*..... Je cite vos paroles, monsieur le vicomte. Après avoir imité l'INDISCRÉTION de ce trop fameux Ministre : seriez-vous tombé aussi dans les autres fautes que vous lui reprochez ? La suite le fera voir.

Laissons votre préface et venons à votre livre.

Des réticences calculées, des pensées rendues obscures à force de travail, de trompeuses lueurs mises à la place du flambeau de la vérité, de petites recherches de style où vous prétendez ne laisser parler que votre indignation, une simplicité pleine d'apprêt, une candeur pleine d'adresse, tant d'art et si peu de naturel, prouvent assez, monsieur le vicomte, que vous êtes de bonne foi quand vous déclarez *que jamais ouvrage ne vous a tant coûté*..... Vous possédez mieux que personne le secret d'abuser la multitude à l'aide de certaines formes oratoires. Vous attaquez les principes de la Charte, et pourtant il entre dans votre politique de nous faire croire que vous combattez pour elle. A chaque coup que vous lui portez, vous dites qu'elle est *admirable*, et quand vous l'avez ébranlée jusque dans ses fondemens, vous vous écriez avec une feinte colère : *c'est peut-être moi qui ne veux pas de la Charte !*..... Mais ces ruses de guerre ne cachent qu'imparfaitement vos projets. Deux idées principales vous préoccupent : d'une part vous voulez accroître la puissance des Chambres au préjudice de l'autorité royale ; d'autre part vous voulez dépouiller le peuple des droits achetés par vingt-cinq ans de malheurs, pour indemniser la classe dont les priviléges ont été la cause ou le prétexte de nos révolutions politiques. Tout votre système est là.

Vos moyens se réduisent à deux.

1º Vous enlevez à la Couronne la haute prérogative de proposer la loi et vous en investissez les Chambres afin que tout procède directement de ces corps.

2º Vous frappez d'une grande proscription morale tous les hommes qui *ont pris plus ou moins part aux affaires depuis 1789 jusqu'à 1816*, et vous confiez les emplois, de quelque nature qu'ils puissent être, aux hommes *qui n'ont pour nos institutions nouvelles que de l'éloignement et du dégoût......* J'emprunte toujours vos expressions, monsieur le vicomte.

Le plan est vaste, la marche est simple : vous anéantissez la puissance royale, et vous créez une oligarchie. Je sais, monsieur, que vous nierez ce résultat ; vous avez prévu que vous seriez poursuivi dans le labyrinthe dont vous avez tracé les détours, et vous vous êtes ménagé des issues ; mais elles sont occupées : vous échapperez difficilement. La classe des anciens privilégiés ne répondra à votre appel que par sa soumission absolue aux volontés du Roi ; moi, je dois répondre à vos sophismes par des raisons.

Solon voulut donner aux Athéniens, non pas les meilleures lois possibles, mais celles qui leur convenaient davantage. Moins sage que lui, ce sont les lois d'Angleterre que vous nous proposez. Imprudent réformateur de la Charte, vous qui nous reprochez de n'en pas embrasser toutes les conséquences, seriez-vous donc assez étranger aux plus simples notions de la politique pour ne pas saisir les différences que doivent introduire dans les formes des gouvernemens, la religion, les mœurs, les usages, les intérêts, et cette direction des idées qui résulte de l'influence des évènemens

historiques et qui détermine les penchans et
les répugnances des peuples ? Ne savez-vous
pas que les lois n'ont de force et de durée
qu'autant qu'elles sont en harmonie avec les
besoins et les habitudes d'une nation, et que,
par cela même qu'une constitution convient
parfaitement à un pays, elle ne saurait conve-
nir à un autre ? Que penseriez-vous d'un
voyageur qui nous proposerait de remplacer les
blés de nos campagnes par les palmiers de
l'Afrique ? vous croiriez que le soleil de l'équa-
teur a troublé sa raison.

Je veux, contre toute vraisemblance, que l'on
introduise chez nous, sans aucun correctif, les
formes du gouvernement anglais; il n'y aura
rien de fait encore si nous ne cessons d'être
nous-mêmes, si nous ne dépouillons le caractère national pour devenir Anglais. Vous flat-
tez-vous d'opérer cette métamorphose?....
Mais, que dis-je? il s'agit bien de la constitution
anglaise! Peu importe, à de certaines personnes,
la forme du gouvernement, pourvu qu'elles
en tiennent les rênes; la difficulté est de les
saisir. Ce grand maître en révolution dont
tout-à-l'heure vous censuriez les *Rapports*
à si juste titre, demandait aussi que la France
ne fût pas moins libre que l'Angleterre; et,
certes, il ne se souciait guère de notre liberté!

Là où est l'initiative est le gouvernement :
c'est un principe incontestable. *Le Roi propose
la loi*, dit la Charte : ainsi, c'est le Roi qui
gouverne : tout procède de lui ; les Ministres
sont les agens de son autorité suprême ; le
pouvoir légal qu'ils exercent, ils le tirent de la
couronne. Ils ne sont rien par eux-mêmes ;
ils ne peuvent donc parler en leur nom. C'est
au nom du Roi qu'ils présentent les propositions de lois. La volonté tout entière appartient au Monarque, l'exécution tout entière
est abandonnée aux Ministres ; et, comme ils
ne doivent agir que selon l'esprit de la loi, qui
est la volonté royale solennellement manifestée,
ils deviennent responsables envers le prince et
la nation de tout abus d'autorité, tandis que,
quel que soit l'évènement, la personne du Roi
reste inviolable et sacrée. Tel est l'esprit de la
Charte, monsieur, et si telles ne sont pas vos
idées, on aura bien droit de vous dire que *vous
ne voulez pas de la Charte.*

Selon vous, *l'initiative par la couronne est ab-
surde.....* Vous rejetez donc ce point de notre
doctrine politique, lequel est si important qu'on
peut le regarder comme la pierre angulaire du
gouvernement royal en France. Le droit de
donner la loi était une antique prérogative de
la couronne ; le Roi, en associant le peuple à la

puissance législative , se soumit volontairement
aux lumières du siècle, mais il retint l'initiative
pour ne pas priver le trône de sa force fondée
sur l'ancien droit, et le principe sacré de la
légitimité de sa conséquence la plus immédiate.
Les temps exigeaient que ce droit fût restreint ;
bien avant nos dissensions politiques, il avait
été modifié par l'usage ; mais l'anéantir totale-
ment, c'eût été frapper au cœur l'autorité royale,
et ce n'est pas au Roi qu'il faut apprendre ce
qu'il se doit à lui-même et ce qu'il doit à la
dignité de sa couronne. Ainsi, grâces à sa
haute sagesse, la chaîne qui unit le présent au
passé ne fut point interrompue.

Et cette conduite n'est point le résultat d'une
vaine théorie du pouvoir royal. Dans l'ordre
moral, aussi bien que dans l'ordre physique,
les faits se suivent et se tiennent. Si vous n'ap-
puyez les choses nouvelles sur les anciennes ,
votre ouvrage sera le jouet des vents. On ne bâtit
point en l'air : on creuse jusqu'au terrain solide,
et c'est là qu'on jette les fondemens de l'édifice.
Quand le parlement d'Angleterre, en 1688,
eut déclaré le trône *vacant*, il offrit la couronne
à Guillaume, et lui imposa des conditions. La
constitution était antérieure à la nouvelle dynas-
tie; Guillaume reçut la loi. Depuis, l'initiative
est restée au parlement, sinon de fait au moins

de droit. Quand Louis XVIII rentra en France, le Sénat de Buonaparte voulut aussi déclarer le trône *vacant* : l'exemple de l'Angleterre le tentait. Il prétendit que le descendant de S. Louis et de Henri IV ne fut Roi de France que par sa grâce; il affecta de ne rien comprendre au grand principe de la légitimité; la nation s'en indigna; le Roi en sourit de dédain. Il s'assit paisiblement sur le trône de ses ancêtres, donna la Charte à son peuple en vertu de son antique prérogative, et l'initiative royale remplaça de droit et de fait le droit illimité de la Couronne. Entendez-vous cela, monsieur le vicomte, et n'êtes-vous pas confus, vous, pair de France, tout couvert des bienfaits du Roi, de nous parler le langage du Sénat de Buonaparte ? Quand vous déplorez l'oubli des *vieilles mœurs*, ne regrettez-vous donc que le privilége des grands vassaux, de faire la guerre au souverain et d'opprimer les peuples ?

Mais, dites-vous, le Roi propose la loi par une ordonnance; si l'on combat la proposition, on manque au respect dû à la Couronne; si on l'accepte contre sa conscience, on trahit son devoir : on est donc placé entre le despotisme ministériel et le mépris de l'autorité royale. Point du tout, monsieur, et vous dénaturez l'esprit de la Charte. Voici le fait : le Roi entend ses Ministres sur un projet de loi; il l'approuve ou le rejette. S'il le rejette, il n'en est plus question; s'il l'approuve, il ordonne que ce projet, sous la forme d'une ordonnance, soit transmis aux Chambres, non pour qu'elles l'adoptent sans examen, mais pour qu'elles l'examinent, le discutent, l'amendent et même le rejettent si elles le jugent à propos; car en créant une Chambre des Pairs et une Chambre des Députés, le Roi a voulu que le peuple prît une part active dans la législation; et, selon l'esprit de la Charte, il n'approuve en dernière analyse que ce qui est consenti par les Chambres. Ainsi, vous, par exemple, monsieur, si vous mettiez une boule blanche quand votre conscience vous dit de mettre une boule noire, non seulement vous trahiriez votre devoir comme homme et comme citoyen, mais encore vous manqueriez au Roi comme son sujet et comme Pair de France, puisqu'il attendait de vous une réponse franche et loyale.

A votre avis, *l'initiative et la sanction de la loi sont visiblement incompatibles, car, dans ce cas, c'est la Couronne qui approuve ou désapprouve son propre ouvrage.....* Cette dernière objection ne serait-elle qu'un aveu indirect de la confiance que vous avez en vous-même? Vous semble-t-il incompatible avec le bon sens de consulter des hommes éclairés avant de considérer comme parfaitement sages les idées qui se présentent à votre esprit ? Le suprême législateur s'est mis plus en garde contre la fragilité humaine. L'ordonnance présentée par les Ministres n'est encore qu'une *proposition* ; on la discute : il écoute, il s'éclaire ; il s'assure que son projet est conforme aux intérêts de son peuple, et il lui donne le caractère de loi par sa sanction. Quoi de plus simple ! Et s'il était permis de vous croire sincère, que vous paraîtriez neuf aux affaires de ce monde !

Quiconque n'aurait pas lu votre livre s'imaginerait que vous êtes tout-à-fait opposé à l'initiative par la Couronne, et serait dans l'erreur. Vous la lui laissez afin qu'elle s'en serve uniquement *dans les grandes occasions, pour quelque loi bien éclatante, bien populaire* ; et les Pairs et Députés restent chargés *de tout ce qu'il peut y avoir de rigoureux dans la législation*..... De deux choses l'une : ou vos objections contre l'initiative royale sont fondées, ou elles ne le sont pas ; dans les deux hypothèses, pourquoi ce partage ? Quelques lecteurs bénévoles se récrieront sur votre inconséquence ; pour moi, qui suis convaincu que vous avez médité et mûri votre système avec une rare patience, je cherche l'arrière pensée cachée sous ces paroles, et je

crois l'avoir saisie. Pour la mettre en lumière, il
me suffit de faire une transposition dans les
mots ; je dis donc : l'initiative pouvant être exercée concurremment par le Roi et par les Chambres, il est dans la nature des choses que les Pairs
et les Députés, en vue de gagner le peuple, se
hâtent de proposer des lois *bien éclatantes, bien*
populaires, et qu'ils laissent au Roi *tout ce qu'il*
peut y avoir de rigoureux dans la législation.
Soyez de bonne foi, n'est-ce pas là votre pensée ?..... Quoi qu'il en soit, c'est le fait, et ses
conséquences feront horreur à tous les amis de
la monarchie. Séduite par cette apparente popu-
larité des Chambres, la multitude tournera incessamment ses vœux et ses espérances vers elles et
s'éloignera du trône, d'où partira l'idée première
de toutes les lois répressives et fiscales, jusqu'au moment où l'oligarchie, jetant le masque
et ne contraignant plus son naturel insolent et
tyrannique, étendra sur la nation ses mains de
fer, et lui apprendra, par cette rude épreuve,
qu'elle ne doit attendre que du Roi le bonheur,
la justice et la liberté.

J'ai défendu l'initiative de la Couronne ; j'at-
taque l'initiative des Chambres. Fidèle à votre
plan, vous nous citez encore le gouvernement
anglais ; mais vous savez fort bien (et vous en
faites l'aveu) qu'à l'aide d'une majorité cons-

tante, l'initiative, en Angleterre, est exercée
par l'autorité royale, ou, ce qui revient au
même, par le gouvernement. S'il en était
autrement, tous les pouvoirs viendraient se
confondre, se dissoudre, s'anéantir dans les
Chambres, et l'État serait perdu. Cette majorité ministérielle a ses racines dans les derniers
élémens de la législation politique; elle commence aux élections, qui se font presque par-
tout sous l'influence immédiate des familles
puissantes par leur fortune et par leur illustra-
tion. Les faits antérieurs ont amené cet ordre
de choses, vicieux en apparence, excellent
dans ses effets. Les circonstances locales et les
intérêts qui en dérivent l'ont maintenu et for-
tifié; le caractère national en a reçu une em-
preinte ineffaçable; les lois, les institutions,
les mœurs, les habitudes sont dans une parfaite
harmonie : le jeu de la machine est connu, ses
forces sont calculées, les résultats sont certains.
Rien de semblable ne saurait exister en France.
Donnez des priviléges à la pairie, que les subs-
titutions et les retraits lignagers y créent et
maintiennent de grandes fortunes, j'en confesse
la nécessité; mais n'espérez pas par-là modifier
sensiblement les mœurs. Les circonstances
locales resteront toujours ce qu'il a plu à la
providence de les faire; le passé n'est plus en

votre pouvoir, le présent vous échappe, et, malgré vos livres, il prépare l'avenir.

En Angleterre, un Membre des Communes ou de la Chambre-Haute fait abnégation de ses propres sentimens et vote toujours avec son parti. Il n'en va pas ainsi chez nous; les opinions sont individuelles; elles ne se groupent que par assimilation; chacun vote à sa guise, tantôt d'un côté, tantôt d'un autre, et ne contracte pas d'engagement indissoluble. Cette indépendance est un point d'honneur pour un Français; elle survit à toutes les autres libertés, et quand elle vient à cesser, c'est que le despotisme est à son comble, ou qu'un esprit de vertige s'est emparé des têtes. Vous ne devez donc pas compter sur une majorité fixe comme en Angleterre; mais sous un gouvernement paternel, et dans le calme des passions, vous obtiendrez constamment la majorité par l'ascendant légitime de la raison et de la justice.

De tout ceci je tire cette conséquence, qu'il est inutile de donner l'initiative aux Chambres; et maintenant je vais en montrer le danger.

Chaque député peut connaître à fond les intérêts de son département, mais ne peut guère connaître les intérêts généraux de la France. Les matériaux lui manquent pour asseoir son opinion; d'ailleurs il n'est pas dans un point de vue assez élevé pour apercevoir l'ensemble des faits, et les rapports qui les unissent. Cependant chacun aura ses idées, et demandera qu'on les adopte; à votre exemple il voudra *réparer* là où il ne faudrait que *maintenir*, et innover au lieu de s'arrêter à ce qui est et ne doit point changer; la manie de faire des lois s'emparera de toutes les têtes, car ce sera éternellement le faible des assemblées législatives. Une foule de propositions intempestives ou même nuisibles, seront présentées à la sanction du Roi : s'il la refuse, les Chambres crieront que le Gouvernement met obstacle au bien de l'État; s'il l'accorde, les Chambres n'auront pas le droit, selon votre judicieuse remarque, de *demander au ministère compte de leur propre ouvrage*, et la responsabilité ministérielle n'existera plus. Enfin, les sessions qui doivent être courtes se prolongeront indéfiniment. Je conviens avec vous que l'établissement de deux Chambres diminue le danger; mais supposons que vingt brouillons, espérant à la faveur du trouble se frayer un chemin aux grandes places, soufflent le feu de la discorde au sein de nos assemblées; que la majorité de l'une s'unisse à la minorité de l'autre dans le dessein de les asservir toutes deux; qu'il se rencontre parmi les meneurs quelque orateur doué de cette *notable et téméraire éloquence*, qui va chercher les passions haineuses au fond des cœurs, les remue, les irrite et les soulève (et tout cela est possible sans doute); ne vous semble-t-il pas alors, monsieur, que l'initiative exercée par les Chambres pourrait amener des maux incalculables?... Vous répondez que *la révolution est finie, qu'on tend au repos* ». J'en suis plus persuadé que vous-même; mais relisez sans prévention la seconde partie de votre ouvrage, et vous verrez que les *habiles* songent encore à nous diviser.

La Charte laisse aux Chambres la *faculté de supplier le Roi de proposer une loi sur quelque objet que ce soit.* Il vous plaît, monsieur, d'appeler ce droit de supplique, *proposition secrète de la loi*; et voici le commentaire que vous inspire votre respect pour la Charte: *Proposition secrète de la loi: idée fausse et contradictoire, élément hétérogène dont il faudra se débarrasser...* Dira-t-on encore que c'est vous *qui ne voulez pas de la Charte?* Il est évident toutefois, que puisque l'initiative appartient de droit et de fait à la Couronne, la supplique est bonne à quelque chose, et doit être secrète.

Reste cette éternelle doctrine des amendemens dont vous ne voudriez *plus entendre parler*... Le droit accordé aux Chambres d'amender les

projets de lois; c'est-à-dire, de les modifier
et de les perfectionner, ne peut être celui d'en
changer complètement la lettre et l'esprit. Vous
demandez que l'on fixe le *point mathématique
où l'amendement finit, où la proposition de loi
commence...* Et depuis quand, monsieur, cher-
che-t-on des points mathématiques pour limi-
ter des choses morales? Montrez-nous le point
rigoureux qui sépare le vice de la vertu; le
zèle d'un homme de bien, de la tiédeur d'un
égoïste, ou du faux zèle d'un hypocrite : les
nuances intermédiaires sont infinies. Cependant
le monde ne s'y trompe guère; il a sur ces
choses des règles que je suis tenté de regarder
souvent comme infaillibles. Il en sera bientôt
de même de la théorie de l'amendement pour
tout homme de bonne foi.

J'admettrai cependant que dans la chaleur
de la discussion, l'orateur se laisse entraîner au-
delà du but; que l'assemblée séduite partage
son erreur; que l'autre Chambre cède à cette
impulsion : tout ce mouvement vient se briser
contre le trône, comme les flots de la mer
contre les rochers qui bordent son rivage. Le
Roi, seul juge de sa pensée, déclare qu'on
ne la pas comprise et ressaisit l'initiative.

Que doit-être le Ministère, sous la Charte
que vous nous donnez? Que doit-il être sous

la Charte royale ? Ce sont deux questions fort différentes.

Le Ministère , selon vous , est un des quatre élémens de notre Gouvernement.... Le Ministère doit sortir de la majorité de la Chambre des Députés, puisque les Députés sont les principaux organes de l'opinion populaire.... Le Roi doit laisser agir les Ministres d'après eux-mêmes.... Tout est l'œuvre du Ministère.... La Chambre des Députés ne doit point souffrir que les Ministres établissent en principe qu'ils sont indépendans des Chambres..... Ils doivent toujours répondre même sur les affaires d'administration ; *toujours venir quand les Chambres paraissent le souhaiter... Ils doivent être les maîtres des Chambres par le* FOND *et leurs serviteurs par la* FORME...... *Le Ministère doit disposer de la majorité et marcher avec elle...... Il faut que le Ministère mène la majorité ou qu'il la suive....* Que d'inconséquences, que de contradictions dans ce peu de mots ! et cela pour nous dire que le Gouvernement doit être dans les Chambres. Je conçois, monsieur, que cette conclusion contenue implicitement dans votre ouvrage et qui s'accorde à merveille avec votre système, était difficile à articuler, et vous avez dû travailler beaucoup pour la rendre claire sans pourtant l'énoncer. J'admire tant de prudence et de hardiesse à-la-fois ! L'établissement du

Ministère consomme votre ouvrage. Le roi
dépouillé de l'initiative, obligé de choisir dans
les Chambres des Ministres qui ne reconnaissent
point ses ordres et qui sont dans la dépendance de
ces mêmes Chambres, voilà un résultat dont
vous devez vous applaudir ! Ce n'est pas ainsi,
monsieur, que nous expliquons la Charte ;
nous la prenons telle qu'il a plu au roi de nous
la donner ; nous ne sommes pas assez habiles
pour en découvrir les *incohérences*, les *absur-
dités* ; nous voulons la suivre à la lettre, et
dans notre simplicité, nous nous flattons que
rien ne sera impossible à notre obéissance.

Qu'est-ce que les Ministres pour nous ? Les
Conseils du Roi, les exécuteurs de sa volonté,
de cette volonté sacrée que S. M. rend manifeste
par la loi sanctionnée et promulguée. Nous
ne prétendons pas que le Roi doive choisir ses
Ministres dans *la majorité de la Chambre des
Députés* : la Charte le laisse libre à cet égard.
Nous croyons que ce serait le renversement
des vrais principes de la monarchie que de
mettre dans la dépendance des Chambres les
agens du pouvoir royal. Ils ne doivent point
mener la majorité, ils doivent encore moins
la *suivre ;* ils ne sont point les maîtres des
Chambres par le fond et leurs serviteurs par
la forme ; *maîtres par le fond,* ce seraient des des-

potes ; *serviteurs par la forme,* ils tomberaient dans le mépris : les Chambres secoueraient bientôt un joug qui les humilierait. L'affaire des Ministres est de porter aux Chambres le tribut de leurs lumières et de s'éclairer eux-mêmes dans leur communication avec elles ; de chercher tous les moyens de conciliation compatibles avec leur honneur et leurs devoirs, afin de s'entendre constamment avec la majorité, car ils ne peuvent avoir la folle prétention de gouverner par la minorité. Ils ne refuseront jamais aux Chambres les explications qu'elles désireront quand ils pourront les donner sans compromettre l'intérêt de l'État, bien convaincus qu'ils sont que le bonheur public dépend à beaucoup d'égards de leur parfaite union avec elles. La bonne foi doit être l'ame de leur politique : aussi quand le vœu de la nation, fortement exprimé, leur commandera de proposer une mesure qui froissera quelques intérêts privés, on ne leur entendra pas dire, pour capter certains suffrages, « Soyez tranquilles, messieurs, *cela finira* »…. Enfin, monsieur, ils ne croiront pas l'État perdu parce qu'un Député ou un Pair aura parlé un *langage étrange* et manifesté *des principes inconstitutionnels,* ou même se sera énoncé avec cette *grande et notable éloquence, compagne de sédition,* pleine de *désobéissance, téméraire et arrogante, n'étant à tolérer aux cités bien constituées* (1).

Les Ministres sont responsables; mais, dites-vous, *qu'est-ce que la responsabilité des Ministres? La loi qui doit la définir n'est point encore faite....* Cela est vrai; mais la Charte nous apprend qu'ils *peuvent être accusés pour fait de trahison ou de concussion.* Irez-vous feuilleter le Code criminel pour classer de force, sous ces deux titres, tous les délits que la perversité humaine peut commettre? Je ne sais quel Député, en 1814, avait eu cette manie. Chaque article de son projet de loi finissait par ces mots, *la prison, les galères, la mort....* Tout le monde se prit à rire, et il ne fut plus question du projet.

Ce n'est pas que je prétende qu'un Ministre ne soit responsable que pour *trahison* ou *concussion.* Il est, dans les Gouvernemens représentatifs, pour les premiers agens du pouvoir, *une responsabilité morale* qui s'étend à tout. Un Ministre est comptable envers le public, non-seulement d'un abus d'autorité ou d'un déni de justice, mais d'un discours, d'une parole; et tandis que les lois se taisent, l'opinion, ce juge terrible, impitoyable, fait entendre ses

---

(1) Paroles de Dutillet, citées par M. de Chateaubriant.

arrêts en tous lieux par des millions de bou-
ches , et lance contre le coupable des traits
auxquels il ne saurait se soustraire.

Qu'un particulier ait à se plaindre d'un Ministre, il s'adresse aux Chambres ; elles prennent
fait et cause pour lui ; le bruit de l'accusation
retentit dans toute la France. Si le Ministre
s'est trompé , il faut incontinent qu'il confesse
son erreur , et cette erreur est un tort aux yeux
de tous. Il alléguera en vain la multiplicité des
affaires, l'impossibilité de tout voir par lui-
même , les apparences qui étaient trompeuses,
etc., etc. Le reproche n'en sera pas moins
vif. C'est un malheur, lui dira-t-on, mais
tout Ministre est tenu d'être heureux. S'il a
été injuste par cupidité , par ambition , par
haine, par insouciance du bien , il est démas-
qué : son crédit tombe ; les Chambres l'écoutent
avec impatience ; ses envieux, (et quel Ministre
n'en a pas !) mêlent la calomnie à des reproches
trop fondés , et le présentent à la multitude
comme un ennemi public. Croyez-vous de
bonne foi , Monsieur, qu'un Ministre s'expose
de gaieté de cœur à de pareils dangers, et qu'il
n'en redoute pas les suites ? Prétendrez-vous
encore que la responsabilité ministérielle , *de
loin vaisseau de haut bord, de près n'est que bâton
flottant sur l'onde ?*

Mais ce désir impatient d'une loi sur la responsabilité ministérielle est-il sincère ?......
On attraperait bien les réclamans si l'on venait à définir les délits de telle sorte qu'il n'y eût plus ni vague ni incertitude. Tant qu'une loi n'existe pas, la calomnie peut se donner carrière; mais le jour où l'accusateur sera tenu d'articuler des faits, il trouvera plus de difficulté à faire naître les soupçons. Écoutez sur ce point un écrivain que vous aimez à citer, et dont le jugement est d'un grand poids à vos yeux comme aux miens : *On voit toujours, dit-il, les gouvernemens en conspiration permanente contre les peuples, les Ministres toujours indignes de la confiance des gouvernemens : il faut plutôt voir dans cette disposition chagrine et haineuse l'ambition des places et la jalousie contre ceux qui les occupent* (1).

Ne prenez point cette citation pour une épigramme, monsieur le vicomte ; vous avez trop bien exposé les qualités qui font les grands Ministres pour que je ne sois pas convaincu de votre modestie. Si mon talent égalait le vôtre, j'ajouterais un alinéa à votre chapitre XXVII. Je dirais :

---

(1) Consultez une petite brochure intitulée : *Encore un mot sur la liberté de la presse* ; par M. de B*****.

« Les soins d'un Ministère exigent de la suite
« et du calme dans les pensées, une profonde
« connaissance des choses et des hommes :
« vous trouverez difficilement ces qualités dans
« les écrivains qui n'exercent leur plume que
« sur les créations de leur esprit. Inconstans,
« enthousiastes, irascibles, pleins de petites
« vanités, ils se laissent entraîner au gré de
« leur imagination mobile. Que si la fortune
« les porte aux grands emplois, ils brouilleront
« tout par légèreté et par caprice. Vous serez
« étonné de leur incapacité. L'affaire la plus
« simple, et que le moindre commis peut ré-
« soudre, passera les bornes de leur intelli-
« gence. Ils composeront d'éloquentes circu-
« laires, mais les affaires resteront là. Ren-
« voyez donc ces beaux esprits à l'académie;
« c'est leur véritable place. Qu'ils y recueillent
« les palmes littéraires, et qu'ils laissent à
« d'autres mains, pour notre bien et pour leur
« gloire, la direction du gouvernail de
« l'État ».

Je pense, monsieur, que c'est autant comme
homme de lettres que comme Pair de France
que vous réclamez la liberté de la presse. A
quelque titre que ce soit, vous en avez le droit
puisque vous rentrez dans la Charte. Pour moi
qui suis convaincu que la liberté de la presse

est excellente en elle-même; qu'il est de sa nature de corriger les mauvais Gouvernemens, et d'assurer la durée des bons; qu'en donnant du ressort et de l'unité à l'opinion publique, elle communique une vigueur salutaire à toutes les branches du corps social, je ne m'étonne que d'une chose; c'est de combattre à vos côtés. Je m'en étonne, et je me demande pourquoi M. le vicomte de Chateaubriant veut la liberté de la presse; ce qu'il en espère, et quel parti il peut en tirer pour le succès de sa doctrine ?

Naguère vos amis soutenaient que la liberté de la presse loin d'être un *préservatif contre la tyrannie, en était toujours le plus servile instrument*, qu'elle devait *conduire un peuple à la servitude* (1), et je tiens de bonne part que les mêmes hommes veulent aujourd'hui *cette liberté si dangereuse*, et qu'ils préparent des discours pour demander l'entière exécution de l'article VIII de la Charte. Je ne suspecte point leurs intentions; j'aime au contraire à me persuader que la raison seule les a ramenés aux

---

(1) Voyez : *Encore un mot sur la liberté de la presse ;* par M. de B*****.

principes constitutionnels ; mais je ne vous dis-
simulerai pas qu'il est des esprits plus ombra-
geux qui doutent de la sincérité d'une conver-
sion si prompte. Vous écriviez, il y a deux
ans, diront-ils à vos amis, que la liberté de
la presse est *le plus servile instrument de la
tyrannie*, et qu'elle doit *conduire un peuple à la
servitude*, et maintenant vous prétendez qu'il
faut affranchir la presse de toute entrave : vous
êtes donc les partisans du pouvoir arbitraire
et les ennemis de la liberté publique. J'ignore
ce que vos amis répondront, mais voici déjà
les raisonnemens que la malignité leur prête :
« Les conjonctures nous sont favorables ;
« notre haine pour l'ordre actuel des choses
« passe généralement pour un excès de zèle ;
« entretenons cette illusion nécessaire à l'ac-
« complissement de nos desseins. Faisons, en
« apparence, abnégation de nos intérêts, mais
« en déplorant sans cesse la perte *des vieilles
« mœurs*, accoutumons les esprits à ne pas s'é-
« tonner de voir revivre les *vieux priviléges* ; à
« l'aide de maximes générales, établissons une
« doctrine qui nous donne les moyens de
« revenir sur le passé. Nos adversaires sont
« trop expérimentés pour être dupes de ce
« subterfuge, mais nous saurons bien les ré-

« duire au silence. S'ils parlent de la nécessité
« de fortifier l'autorité royale opposée de sa
« nature à nos ambitions particulières, nous
« les peindrons comme des partisans du pouvoir
« absolu, et, en rappelant adroitement la ty-
« rannie de Buonaparte, nous donnerons à
« entendre que c'est moins encore le despotisme
« que le despote qu'ils regrettent. S'ils parlent
« d'assurer la liberté publique, nous rappellerons
« les crimes de 93, et nous ferons remarquer
« charitablement quils se commettaient au nom
« de la liberté. S'ils se tiennent dans les strictes
« bornes de la modération que le Roi recom-
« mande à ses sujets, et dont il ne donne que
« trop d'exemples, nous dirons que ce sont
« des esprits timorés, des cœurs de glace,
« indifférens sur le vice et la vertu, ou des
« jacobins hypocrites qui exigent de leurs vic-
« times une modération qu'ils n'ont jamais
« gardée, et cherchent à faire passer pour *vio-*
« *lence* ce qui n'est que *justice.* En ébranlant
« les principes consacrés par la Charte, nous
« protesterons de notre attachement pour elle.
« Ainsi nos emportemens trouveront toujours
« une excuse. Nous agirons si adroitement
« que notre cause semblera se confondre avec
« la cause la plus sacrée; de sorte que nos

« adversaires ne pourront nous frapper sans
« faire douter de leur fidélité. Ils se verront
« forcés d'émousser leurs armes tandis que nous
« aiguiserons les nôtres. Le succès est certain,
« si nous obtenons la liberté de la presse ».

Tels sont, Monsieur, les injustes soupçons
auxquels vous êtes exposé ; mais je veux répondre à tout, même à la calomnie. J'ad-
mets donc pour un moment, et contre mon
intime conviction, que vous et vos amis avez
cette arrière pensée en réclamant la liberté de
de la presse. Hé bien ! je suis sans inquiétude ;
tous vos calculs seront trompés. Que peuvent
de si faibles moyens contre le peuple protégé
par son Roi ! Les intérêts du trône et de la nation sont désormais inséparables ; ne comptez
pas qu'une vaine prudence étouffe la vérité. Il se
rencontrera de ces esprits fermes qui ne dissi-
mulent rien parce qu'ils n'ont que des vues
droites et des sentimens généreux. Leurs expressions d'amour et de dévouement pour le
Roi ne seront pas moins énergiques que les
vôtres, et ils ne les démentiront pas par leurs
principes et leur conduite. Ils porteront la lumière dans les ténèbres dont vous cherchez à
vous envelopper.

Où vous réfugierez-vous alors, monsieur le

vicomte? Sera-ce derrière le trône dont vous minez les fondemens? Après lui avoir ôté ses droits légitimes, vous insultez à sa faiblesse en nous peignant, dans un langage emphatique, l'immense pouvoir que vous prétendez lui laisser : le Roi, dites-vous, peut tout ce qui lui plaît; il lui suffit de *vouloir* pour avoir *le droit. Quand il parle seul et dit :* JE VEUX, *tout obéit avec joie, et dans un profond et respectueux silence. Il tient dans sa main les mœurs, les lois, l'administration, l'armée, la paix et la guerre. S'il retire cette main royale, tout s'arrête; s'il l'étend, tout marche...* Certes, voilà de belles paroles! mais venons au fait. Le Roi, avec toute cette grande puissance, ne pouvant manifester sa volonté que par ses Ministres, que vous mettez dans la dépendance des Chambres, sera comme un homme très-fort que l'on aurait chargé de chaînes et confiné dans une étroite prison. Il ne dira pas *Je veux,* car il ne serait pas entendu; il n'étendra ni ne retirera sa main, car il ne pourra remuer, et tout marchera ou s'arrêtera sans qu'il ait la moindre influence sur le mouvement ou le repos. O le beau résultat! Et que ces jacobins endurcis, qui, malgré vingt-cinq ans d'expérience, rêvent encore la souveraineté du peuple et la république, vont se réjouir de vous trouver dans leurs rangs! Ils se moqueront de l'aristocratie dont vous les menacez ; ils savent que c'est un arbre desséché qui ne peut plus pousser de rameaux ; mais ils feront état de tout ce que vous dites en faveur de la démocratie dont le funeste levain , fermente toujours dans le cœur de cette foule inquiète de prolétaires qui n'espèrent sortir de leur abaissement que par les secousses des révolutions et l'invasion des principes démagogiques.

Je suis convaincu , monsieur le vicomte , que vous n'avez pas réfléchi aux déplorables conséquences de votre système , et que personne plus sincèrement que vous , ne demande le maintien de l'autorité royale et de la liberté publique ; mais si mon estime pour votre caractère me faisait illusion ; si , contre toute probalité, votre vertu n'eût pas été à l'épreuve des séductions de la flatterie, non moins pernicieuses pour les hommes qui jouissent de quelque célébrité que pour ceux qui tiennent le pouvoir ; si de perfides amis , s'imaginant que votre influence littéraire peut assurer le succès de leurs desseins , eussent fait briller à vos yeux les prestiges de l'ambition , et que vous vous fussiez laissez prendre à cette dangereuse amorce ; enfin, si vous eussiez conçu le

projet téméraire de vous faire chef de parti ,
quelle erreur serait la vôtre ! et que n'aurait-
on pas droit de vous dire ? Pour jouer ce
rôle , il faut une profonde dissimulation , un
mélange de calme et d'audace , un talent mer-
veilleux à manier les passions des hommes ,
l'art de faire concourir au même but les élémens
les plus contraires ; et ce qu'il ne faut pas , monsieur le vicomte , c'est de l'étourderie , de l'indiscrétion , de la jactance , et cette folle ardeur de pa-
raître, qui ferait échouer les plans les mieux con-
certés. Pourriez-vous d'ailleurs vous flatter d'avoir
un parti ? Vous vous méprendriez sur les hommes.
Ceux qui partagent vos ressentimens ne sont
nullement pour vos systèmes. La plupart , pé-
nétrés d'amour et de respect pour le Roi , ne
souffriraient jamais que la moindre atteinte fût
portée à sa puissance : ils ont tout sacrifié pour
lui ; voudraient-ils, par un indigne retour sur
le passé, ternir la gloire d'un si beau dévouement ? L'autorité royale est sous la sauve-
garde de la nation : après tant et de si cruelles
adversités , le peuple ne se laissera pas enlever
le bien qui lui garantit tous les autres. Des
jalousies particulières , des haines secrètes ,
l'irritation causée par des blessures encore sai-
gnantes , et sur-tout cette inquiétude d'esprit

qui suit les crises politiques, rangent momenta-
nément sous vos enseignes une poignée de mé-
contens; mais que le jour de l'engagement arrive,
triste général, vous n'aurez plus de soldats!
Revenez donc à des idées plus saines; aban-
donnez ces fausses doctrines que toute votre
habileté ne saurait faire prévaloir, et qui vous
compromettent aux yeux des meilleurs ci-
toyens; montrez que vous êtes royaliste de
cœur autant que de bouche, en prenant pour
modèle ces nobles victimes qui, satisfaites du
bonheur de la patrie, et glorieuses du triomphe
de la légitimité, croient n'avoir plus rien à re-
gretter depuis que la France est rentrée sous
l'autorité tutélaire de l'auguste famille des
Bourbons.

Je vous ai parlé sans déguisement, monsieur
le vicomte; ne vous offensez pas de la liberté
de mes expressions; je sais ce qu'on doit à
votre rang, mais cette considération n'est
rien pour moi en comparaison de l'intérêt
du trône. Vous avez attaqué la prérogative
royale antérieure à la Charte, et cette Charte
elle-même qui reconnaît et confirme le droit
d'initiative, source première de son existence;
j'ai défendu le trône et la Charte.

Plus tard je combattrai les imputations injurieuses que vous dirigez contre la nation, et je prouverai, je l'espère, que la seconde partie de votre systême n'est pas moins erronée que la premiere.

Je suis, etc.

****.

www.ingramcontent.com/pod-product-compliance
Lightning Source LLC
Chambersburg PA
CBHW060900180626

46818CB00004B/1789